錢欣葆——著

獨立思考

The Fable Of Pupils

小學生寓言故事

前言

六至十歲的兒童是閱讀的關鍵期，適合的閱讀有助於增長知識，拓寬視野，豐富想像力，並且提高判斷是非的能力。在這個階段培養孩子良好的閱讀興趣和閱讀習慣非常重要，讓孩子學會閱讀、喜愛閱讀，受益終身。

錢欣葆先生是當代著名寓言家，寓言構思巧妙、幽默有趣、耐人尋味。文章短小精悍，語言凝練，可讀可誦。生動有趣的故事中閃爍著智慧的光芒，蘊含著做人的道理。每篇寓言故事讓孩子感受不一樣的體驗、不一樣的樂趣，有不一樣的收穫。

《小學生寓言故事》有：誠實守信、勇敢機智、獨立思考、品德禮貌、謙虛好學、合作分享、溫馨親情、自立自強八冊。每篇寓言後面都有「故事啟示」，點明寓意，讓孩子更好地理解寓言中蘊含的深刻哲理。

這套寓言故事書，可用於家長和孩子的親子閱讀，有閱讀能力的孩子也可以獨自閱讀。美妙的文章中蘊含著人生大道理和大智慧，在輕鬆愉快的閱讀中，可以得到教育和啟迪，學到一些生活的智慧和做人的道理。

目次

Contents

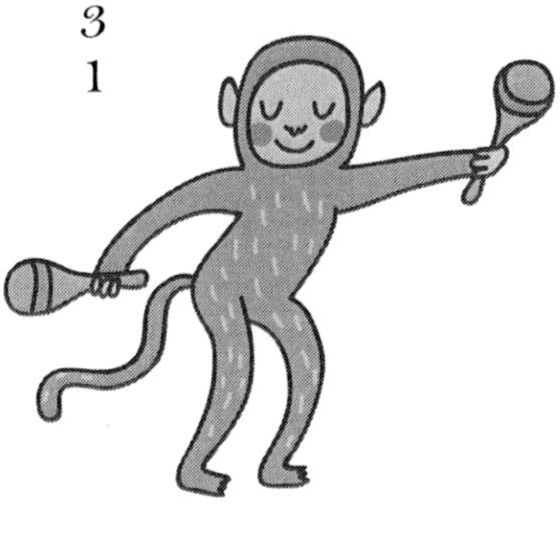

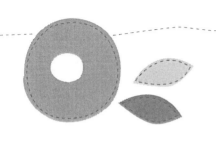

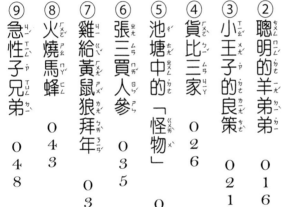

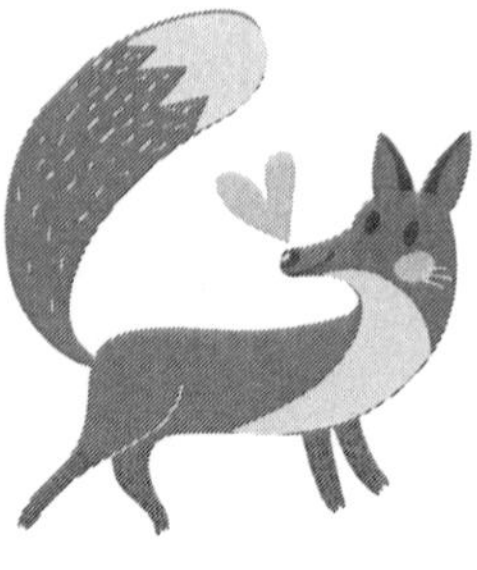

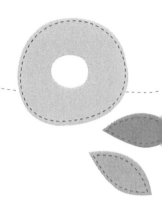

獨立思考

學會獨立思考和獨立判斷比獲得知識更重要。獨立思考能力不是天生的，需要從小培養和鍛鍊。養成獨立思考的良好習慣，是通向成功之路不可缺少的橋樑。草率的錯誤決定和不加思考的盲目執行，常常會帶來巨大的災難。

① 猴子改新房

小猴在清澈的小河邊建造了一幢新房，老猴見了，誇他的房子建得好。

小熊看了看屋脊，對小猴說：「你建造的新房很漂亮，不過新房的屋脊太低了，不夠挺拔，加高一些就更好了。」

小猴覺得小熊的話有道理，他急忙爬到屋頂上，用磚塊把屋脊加高了許多。

小象看了一下大門後對小猴說：「你建造的新房很不錯，不過新房的大門太小了，不夠寬敞，改大一點就更好了。」

小猴覺得小象的話有道理，他急忙用榔頭把牆敲掉一些，把大門加高加寬了許多。

松鼠看了一下窗戶後對小猴說：「你建造的新房不錯，不過新房的窗戶太大了，不夠安全，改小一點就好了。」

小猴覺得松鼠的話有道理，他急忙用磚塊把窗戶砌去了大半，把窗戶改小了。

就這樣，小猴把新房改了又改，把新房改得面目全非。

老猴看了看小猴的房子，說：「原來好好的新房，怎麼改成了這麼個難看的樣子？」

小猴疑惑不解地說：「難道夥伴們提的建議不對嗎？」

老猴說：「你自己應該要有主見，要獨立思考。不能別人怎麼說，你就怎麼做。把好端端的新房改得不倫不類、亂七八糟，多麼可惜！」

故事啟示

學會獨立思考和獨立判斷比獲得知識更重要。培養獨立思考能力，養成獨立思考的良好習慣，是十分重要的。

② 聰明的羊弟弟

羊媽媽病了，躺在床上休息。羊弟弟正在給媽媽倒水，讓媽媽吃藥。大灰狼知道羊媽媽病了，就想趁機對羊媽媽母子下毒手。他來到羊媽媽家門口，「咚咚咚」敲著門。

羊弟弟聽見敲門聲，忙問：「誰在敲門呀？」

大灰狼聽出是小羊的聲音，故意細聲細氣地說：「我是好心的醫生，聽說你媽媽病了，特地來幫助治病啊！」

羊弟弟在門縫裡向外一看，原來是一隻兇惡的大灰狼。

羊弟弟問媽媽：「大灰狼冒充醫生騙我開門，不懷好意，媽媽你看應該怎麼對付他呢？」

羊媽媽對羊弟弟說：「你是聰明的孩子，能自己獨立思考，想出一個對付大灰狼的好辦法吧！」

羊弟弟堅定地說：「嗯，我有辦法對付大灰狼！」

大灰狼見羊弟弟不開門，大聲說：「給你媽媽治病要緊，耽誤了病情就麻煩了。快開門吧！」

羊弟弟靈機一動，大聲對著門外說：「你別在門外大聲嚷嚷，黃醫生正在給媽媽治病呢！」

大灰狼遲疑了一下，問：「是哪個黃醫生啊？他的醫術肯定沒有我高明，你還是開門讓我給你媽媽治病吧！」

羊弟弟大聲說：「是黃狗醫生在給我媽媽治病，你別急，等一會我就給你開門！」

黃狗是大灰狼的剋星，大灰狼多次被他打得落荒而逃。大灰狼聽說黃狗在屋裡，怕他衝出來，嚇得掉頭就逃。

羊弟弟見大灰狼狽逃跑，打開了門，故意大聲喊道：「好心的醫生，你別走哇，黃狗醫生要請你一起會診呢！」

大灰狼拚命逃跑，一會就逃得無影無蹤了。

羊媽媽高興地摸著羊弟弟的頭，說：「你能夠想出這麼一個巧妙的辦法對付大灰狼，真是個聰明的孩子！」

故事啟示

獨立思考能力不是天生的，需要從小培養和鍛鍊。養成獨立思考的良好習慣，是通向成功之路不可缺少的橋樑。

③小王子的良策

京城外的農村蝗蟲成災，大片莊稼被吃光，農民紛紛背井離鄉進城謀生。

大王子見父親為著蝗災憂心忡忡，就說：「父王，我有對付蝗蟲的良策——用火攻蝗蟲！讓農民家家戶戶出動，每人拿一個火把去對付蝗蟲，把牠們全燒死！」

國王說：「聽說蝗蟲成群結隊飛行，在天空飛過時黑壓壓一

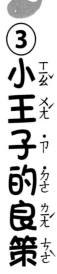

片，就像一大片烏雲，能夠把太陽光都遮擋住了。火把怎麼能夠對付得了牠們呢？」

二王子說：「父王，我有更好的對付蝗蟲的辦法——用兵圍剿！給我三十萬兵馬，我指揮他們從三面推進，圍剿蝗蟲，不怕消滅不了蝗蟲！」

國王說：「我看調動三十萬兵馬也難以對付蝗蟲。田野裡大大小小的河流那麼多，軍隊恐怕難以合圍攻擊。而且，蝗蟲在高空中飛，士兵就算有力也無處使啊！」

小王子說：「父王，我也有一個良策——吃蝗蟲！也就是鼓勵農民和城裡人都來吃蝗蟲，把蝗蟲吃光光！」

大王子和二王子聽到「吃蝗蟲」，情不自禁笑了起來，說他太荒唐。

小王子說：「前些天我去過蝗災區，發現幾個小孩在用火烤蝗蟲，吃得津津有味。我嘗了一口，覺得很香，味道很鮮美。」

國王對小王子說：「現在也沒有什麼好的對付蝗蟲的良策，我就派你去負責治蝗蟲。你需要哪些人員、多少經費？我會讓人籌辦。」

小王子帶了一個御醫和一個宮廷廚師，快馬加鞭奔赴蝗災區。御醫告訴災民，蝗蟲營養豐富，味道鮮美，吃了不僅充饑，還有健康長壽的作用。宮廷廚師教災民多種烹飪蝗蟲方法，烘烤、紅燒、清蒸、油燜，各有不同味道。

農民吃蝗蟲上了癮，千方百計捕捉蝗蟲。此外，小王子也鼓勵農民到京城開蝗蟲餐館，供應蝗蟲烹製的特色菜餚。就這樣，京城裡蝗蟲餐館如雨後春筍一樣冒了出來，家家顧客盈門，生意興隆。蝗蟲需求量大增，價格不斷上漲。結果，一些原來逃難到城裡謀生的農民都紛紛回鄉，設法在田野裡捕捉蝗蟲出售給餐館賺錢。

蝗蟲越來越少，沒過多久就銷聲匿跡了。國王大喜，大大獎賞了小王子。

故事啟示

善於獨立思考，才能提出獨創性見解，才能出奇制勝。良策能夠讓複雜的事情變得簡單，讓難題迎刃而解。

④貨比三家

有一個很精明的父親，過日子總是精打細算，十分節儉。

一天，兒子要到鎮上去理髮，父親對他說：「好久沒有吃肉了，你理完髮順便去買一點豬肉回來。」

兒子說：「我從來沒有買過肉，到哪一家去買好呢？」

父親說：「各家肉店的肉每天都不一樣，價格也隨時有變化。你先不要著急買，多看幾家肉店，比較一下再買，這叫『貨比三家

不吃虧』！」

兒子理完髮後，先到三家肉店仔細觀察了豬肉品質，打聽了豬肉價格。經過反覆比較，他選中了其中一家價格便宜、肉質新鮮的肉店。父親見到兒子買回價廉物美的豬肉，十分滿意，誇獎他精明能幹。

麥收時節，父親、母親、兒子一起出動，用兩天時間把自家田裡的麥子都割下來了。

這天吃過午飯，父親對兒子說：「等會要把割下的麥子用扁擔挑到曬場上堆起來，你馬上去鎮上再買一根扁擔回來。我們兩人一起挑麥子就快多了。」

兒子來到鎮上，找了好久才找到兩家賣扁擔的店。他想，「貨比三家不吃虧」，必須要找到第三家店。他從鎮南走到鎮北，又從鎮北走到鎮南，來來回回找了三趟都沒有見到有第三家賣扁擔的店。後來，他又在一條一條小巷中尋找，找了半天，終於找到了第三家賣扁擔的店。他將三家扁擔店的扁擔品質、價格進行比較後，買下了品質很好又便宜的扁擔。

夏日的天，說變就變，一會還是晴空萬里，一會就狂風大作，雷聲陣陣，「嘩嘩嘩」下起了傾盆大雨。父親看著淋得像落湯雞一樣全身濕答答的兒子，深深嘆了一口氣。

兒子一邊把扁擔交給父親，一邊得意地說：「這扁擔是我經過貨比三家後買的，品質很好，還節省了錢。我辦事很精明吧！」

父親搖搖頭，對兒子說：「你買扁擔是節省了一些錢，但因為你浪費了半天寶貴的搶收時間，田裡的麥子沒有來得及全部收起來。留在田裡的麥子經過狂風暴雨後會黴爛，損失可大了！」

故事啟示

有些人辦事看似十分精明，卻因小失大，得不償失。沒有主見、患得患失、猶豫不決，常常會失去時間和機會，這比失去金錢更加可惜。

5 池塘中的「怪物」

一隻紅蜻蜓在清澈的池塘上飛過，習慣性地用他的尾巴在水面上點了幾下。突然「嘩」的一聲，池塘邊泛起了一個很大的浪花。

紅蜻蜓飛過去一看，只見那裡的塘水一下子就變渾了。

紅蜻蜓覺得奇怪，一邊飛一邊喊叫：「池塘中真奇怪，水一下全渾啦！」

小花貓聽紅蜻蜓這麼一說，一邊跑一邊喊叫：「不得了啦，池塘中出現了大怪物，把水都喝光啦！」

小花狗聽小花貓這麼一說，一邊跑一邊喊叫：「不得了啦，池塘中出現了大怪物，把水都喝光啦！還要爬上來吃掉我們呢，快逃啊！」

山羊聽了小花狗的話，說：「別著急，先別驚慌失措，你剛才說的是你親眼所見嗎？」

小花狗說是聽小花貓說的，小花貓說是聽紅蜻蜓說的。山羊於是帶著小花狗、小花貓一起來到池塘邊仔細瞧瞧，只見池塘碧波蕩漾，並沒有什麼異樣。

紅蜻蜓說：「我可沒有說謊，剛才我親眼看到這兒泛起大水花，水都渾了。」

山羊說：「那你為什麼說池塘中有怪物呢？」

紅蜻蜓委屈地說：「我只說池塘中有點怪，可沒有說有怪物啊。」

這時，池塘中的一條大鯉魚探出頭來，笑著說：「哈哈！剛才的浪花是我和兄弟們在玩捉迷藏掀起的，池塘中哪有什麼怪物啊？」

山羊語重心長地說：「唉，你們都有自己的腦子，遇事應該認真思考。千萬不可隨便聽信別人，更不可添油加醋，越傳越離譜。」

紅蜻蜓、小花貓、小花狗你看看我，我看看你，尷尬極了。

故事啟示

不要輕信別人的傳言，凡事都要好好想一想。遇事要深入調查研究，獨立思考。

⑥ 張三買人參

張三的父親身體虛弱，醫生叫張三到鎮上買一支人參給父親補養身體。

張三來到鎮東藥店，藥店老闆拿出一支人參給張三。張三剛要付錢，見老闆板著臉一點笑容也沒有，心想：「這個老闆很兇，人參價格一定比別的藥店貴，我買了會吃虧的。」張三退了人參，收起錢就走。

張三來到鎮西藥店，藥店老闆拿出一支人參給張三。張三剛要付錢，見老闆臉上笑嘻嘻的，心想：「這個老闆的笑臉也許是裝出來的，他的人參品質可能有問題。」張三退了人參，收起錢就走。

張三在鎮上轉了半天，人參沒有買成，空手回到了家裡。

他對父親說：「我懷疑這些藥店的老闆都不懷好意，我才不上他們的當呢！」

張三父親嘆了口氣，說：「你怎麼可以毫無根據地懷疑別人？幸虧我得的不是急病，如果得了急病，恐怕就被你耽誤了！」

故事啟示

思考問題應該實事求是，不能妄加猜疑。對任何事情都懷疑的人，其實是在懷疑他自己。

7 雞給黃鼠狼拜年

除夕晚上，黃鼠狼來到雞舍門口，「咚咚咚」敲著門。

母雞生病住院去了，公雞在病房中陪母雞，雞舍中只有小雞在。

小雞聽到敲門聲，問道：「你是誰呀，有什麼事嗎？」

黃鼠狼和顏悅色地說：「我是小黃啊，特地來向你拜年！」

小雞在裡面已經聞到了黃鼠狼的氣味，他對著門外說：「哼，『黃鼠狼給雞拜年——沒安好心』，你一定是想傷害我！」

黃鼠狼說：「喔！不，不！我是一隻專門抓老鼠的黃鼠狼，我從來不吃雞，我是真心誠意來給你拜年的，快開門吧！」

小雞靈機一動，故意對門外說：「原來你是一隻不吃雞的黃鼠狼啊，那好，等會我到你家中去拜年。」

黃鼠狼見小雞不開門，只好餓著肚子回家。黃鼠狼想：「小雞很機靈，說來拜年肯定是騙我的。」他嘆了一口氣。過了一會，門「咚咚咚」響了。

小雞在門外大聲說：「請問黃鼠狼在家嗎？我是小雞，給你拜年來了！」

黃鼠狼一聽到小雞的聲音，想到了他身上鮮嫩的肉，口水直流，飛快地打開門。

黃鼠狼一把抓住小雞，冷笑一聲，說：「哈哈！我原以為你是一隻聰明的小雞，沒想到你這麼傻！現在我教你一句新的歇後語『雞給黃鼠狼拜年——有去無回』，我要把你當年夜飯吃了！」

小雞不慌不忙地說：「告訴你吧，我是和小白一起來給你拜年的。」

黃鼠狼高興地說：「好啊，我就連小白雞一塊吃了！」

小白狗從樹叢後一邊走出來一邊說：「黃鼠狼你好，我就是陪小雞一起來給你拜年的小白。怎麼，你吃了豹子膽了，居然要吃小雞，還想吃我?!」

黃鼠狼一見個子比自己大許多的小白狗，嚇得發抖，急忙放下小雞，說：「呃，剛才我只是開玩笑，千萬別當真啊！」

黃鼠狼說著溜進了屋子，再也不敢出來。

小雞大聲說：「讓我也教你一句新歇後語吧，『雞給黃鼠狼拜年——沒有準備不來』。」

故事啟示

善於思考的人遇事不慌，用自己的聰明才智化解危機，獲取勝利。不善於獨立思考的人遇事慌張，暈頭轉向，怨天尤人。

⑧ 火燒馬蜂

山中沒有老虎，也沒有獅子和金錢豹，猴子當了大王。

這天，猴子大王打猴拳向大臣們炫耀自己的武藝，大臣們都誇他的猴拳打得出神入化，天下第一。

猴子大王打完猴拳，喝了一口茶，笑著對周圍的大臣們說：

「你們只說我猴拳打得好，難道別的就不行？」

狐狸大臣恭恭敬敬地說：「大王聰明絕頂，知識淵博，天下無雙！」

猴子大王聽了狐狸大臣的話，心花怒放，哈哈大笑起來。

梅花鹿急忙趕來，結結巴巴地說：「不、不好了，我們沒法生活了！」

猴子大王對梅花鹿說：「我們山林裡沒有兇猛動物，很太平，為什麼說沒法生活了呢？」

梅花鹿氣喘吁吁地說：「最近不知從什麼地方來了許多馬蜂，牠們在森林中到處建馬蜂窩，還成群結隊出來向動物們發起攻擊。

許多動物都被馬蜂螫傷，有的動物被螫後生命垂危。」

猴子大王說：「我對於馬蜂有研究，牠們最怕的就是煙熏和火燒。動員全體森林居民一起動手進行火攻，馬蜂一定死的死，逃的逃。」

狐狸討好地說：「大王真是厲害，對馬蜂的習性和弱點瞭解得清清楚楚。只要全民動員火燒馬蜂，牠們就一定無處藏身！」

猴子大王大筆一揮在一張紙上寫了「全民動手，火燒馬蜂」八個大字。狐狸大臣見猴子大王已經發佈了命令，就讓官員們都下去檢查落實。對火燒馬蜂有功的進行獎勵，對不得力的進行處罰。一時間，森林中火光四處，煙霧瀰漫，馬蜂四散逃竄。

狐狸大臣正在恭維猴子大王的英明決策取得了成果，這時梅花鹿又驚慌失措地跑來對猴子大王說：「不、不好了，出大事了！有的動物為了得到獎勵，把火燒得太大，已經燒著樹木。火藉風勢，越燒越旺，無法撲滅……」

猴子大王看著熊熊燃燒的森林大火，才知道自己發動全民火燒馬蜂是多麼愚蠢。

故事啟示

草率地錯誤決定和不加思考地盲目執行，常常會帶來巨大的災難。獨立思考，是使愚者成為智者的鑰匙；遇事缺乏思考，是智者變愚的根源。

9 急性子兄弟

白鬍鬚老人腳上流著血，一瘸一拐地回家到了家。

大兒子是個急性子，心急如焚地說：「一定是被毒蛇咬了，趕快送專門治療毒蛇咬傷的醫生那裡去。拖延時間，毒性發作就沒命了！」

小兒子也是個急性子，見父親想說什麼，急忙用毛巾把他的嘴捂上，說：「聽說被毒蛇咬傷後多說話會加速毒性發作，你什麼也

不要說，我們馬上送你去治療，一刻也不能耽擱！」

兄弟倆抬著父親，爭分奪秒地向前飛奔，一會就趕到了醫生那裡。

白鬍鬚老人拿掉被小兒子強捂在他嘴上的毛巾，說：「我的腳只是被樹枝劃破了一點皮，根本沒有被毒蛇咬傷啊！」

大兒子和小兒子擦著額頭的汗水，異口同聲說：「那你怎麼不早說？」

白鬍鬚老人哭笑不得，無可奈何地說：「我早想告訴你們我的腳不是被毒蛇咬傷，而是被樹枝割傷的。可是，你們根本就不讓我說話啊！」

大兒子說：「聽說前天鄰村一個老人的腳被毒蛇咬傷了，他的兩個女兒都是慢性子，在家裡討論送哪一個醫生做治療，她們討論了半天，才做出決定，結果耽誤了搶救時機，老人死了。」

小兒子說：「我們倆吸取她們的教訓，所以就匆匆忙忙把你送到了這裡。」

白鬍鬚老人語重心長地說：「拖拖拉拉難免誤事，但是不弄清情況，心急莽撞辦事，也容易鬧笑話，甚至鬧出大事啊！」

故事啟示

凡事都應該瞭解清楚，冷靜思考，做出準確判斷。不能夠看到一些現象就主觀做出決定。

⑩ 小猴的花園

小猴喜歡種花，他家門口的小花園裡有各種各樣的花卉。五顏六色的花爭相開放，豔麗奪目，美不勝收。

小白兔來到小猴的小花園中，看了一眼開著花的大仙人掌，說：「仙人掌開的花雖然美麗，但不小心碰上它身上的刺，會讓你痛上大半天。我看把仙人掌種在小花園裡不好。」

小猴聽了小白兔的話，把仙人掌丟到了河邊。

小山羊來到小花園，看了一眼火紅的雞冠花，說：「雞冠花顏色不錯，形狀也有特色，可是它沒有什麼香味，我覺得沒意思。」

小猴聽了小山羊的話，把雞冠花拔掉，丟到了河邊。

小鹿來到小花園，看了一眼粉紅色的月季花，說：「俗話說：『好花不常開。』月季花月月開，算不上好花，上不了檯面。」

小猴聽了小鹿的話，把月季花挖掉，丟到了河邊。

小象、小狗、小牛也先後來到了小花園，對各種花卉發表了自己的看法。小猴根據他們的意見，又把許多花挖掉。最後，小猴的小花園中稀稀疏疏只剩下很少幾種花了，再也沒有誰想來觀賞了。小猴看著眼前一片冷清的情景，連連嘆氣。

小猩猩對垂頭喪氣的小猴說：「別在這裡傷心了，還是到我的小花園中去散散心吧。」

小猴以前去過小猩猩家，他的家門口那時只有兩三種花。今非昔比，如今這裡已是一個花木繁茂、百花齊放的小花園。仙人掌、雞冠花、月季花……爭奇鬥豔，各顯異彩，一片生氣勃勃的景象。

小猴撓著頭皮好奇地問小猩猩：「這麼迷人的小花園，你是怎麼做到的呢？」

小猩猩笑著說：「這裡的許多花卉原來都是種在你花園中的，後來你把它們丟在了河邊，我覺得可惜，就把它們撿回來培育在自己的小花園中。」

故事啟示

聽取別人的意見是好的，但自己要有主見。別人怎麼說，你就怎麼做，難免做出蠢事。培養獨立思考和獨立判斷的能力。

⑪兩個鎖匠

從前，長江邊的一座小城裡有兩家製作銅鎖的店鋪。張記鎖匠店開在東門大街，生意興隆，張鎖匠喜笑顏開；李記鎖匠店開在西門大街，生意冷清，李鎖匠愁眉不展。

一天，張鎖匠請李鎖匠到自己的店鋪裡喝茶聊天。

李鎖匠對張鎖匠說：「我和你是同一個師傅教的製鎖手藝，又在同一座城市開的店鋪，為什麼你的店鋪蒸蒸日上，生意越來越

好，我的店鋪卻日薄西山，生意越來越糟呢？」

張鎖匠說：「你自己是否曾經好好思索過其中的原因？」

李鎖匠想了想，說：「我覺得東門大街風水好，所以你的店鋪興旺發達；西門大街風水差，所以我的店鋪冷冷清清。」

張鎖匠說：「西門大街和東門大街一樣都十分熱鬧，你生意不好應該與風水毫無關係。實際上，只要製作的銅鎖品質夠好，購買的人自然就多。」

李鎖匠說：「我認真總結經驗，不斷提高製鎖品質，可是生意還是不行啊！」

張鎖匠打開一個木盒子，指著裡面的鎖，說：「這些新打不久就不能使用的壞銅鎖，是我花兩倍的錢從顧客那裡買的。」

李鎖匠莫名其妙地看著一盒子壞銅鎖，說：「怪了，花兩倍的錢買壞銅鎖有什麼用？你瘋啦！」

張鎖匠微微一笑，說：「這些存在品質問題的銅鎖其實不全是我賣出去的，我把它們一一拆開，分析研究失靈的原因。總結自己和別人製鎖過程中失敗的教訓，這樣有利於更快提高自己的製鎖水準。」

李鎖匠仔細看了一下盒中的壞鎖，慚愧地說：「盒中大部分壞鎖是我製作賣出去的。我一直以為自己的鎖頂呱呱，沒有想到竟然有這麼多失敗之作。」

張鎖匠說：「誰都不能保證自己不出任何差錯，要善於從失敗中學習寶貴的經驗。我新研製的銅鎖使用起來更加靈活方便，不會再發生故障，所以顧客越來越多了。」

李鎖匠聽了張鎖匠一席話，恍然大悟，緊緊抓著放壞銅鎖的木盒不放。

故事啟示

許多人善於總結成功的經驗，而忽視從失敗的教訓中學到寶貴的東西。思考問題不能墨守常規，只有打破常規，才能有新的突破。

⑫ 金絲猴改衣服

金絲猴穿著長袍走出了家門，黑熊見了他，說：「長袍不如短袍好。」

金絲猴回到家裡，用剪刀把長袍剪掉了一截，改成了短袍。

金絲猴穿著短袍走出了家門，山羊見了他，說：「短袍不如襯衫好。」

金絲猴覺得有理，便回家把短袍改成了長袖襯衫。

金絲猴穿著長袖襯衫走出了家門，白兔見了他，說：「長袖襯衫不如短襯衫好。」

金絲猴回到家裡，又用剪刀把衣袖剪掉了一截，改成了短襯衫。

金絲猴穿著短袖衫走出了家門，松鼠見了他，說：「短袖衫不如背心好。」

金絲猴正想把短袖衫剪成背心，被熊貓大嬸攔住了。

熊貓大嬸語重心長地說：「做任何事情前都應該認真思考，自己要有主見。人家怎麼說，你就怎麼做，就會把事情辦糟！」

故事啟示

善於獨立思考的人遇事不慌，胸有成竹；不會獨立思考的人常常手足無措，暈頭轉向。

⑬草原謠言

美麗的大草原上，屎殼螂夫婦在糞堆旁邊忙碌著。他們的頭上長著一排堅硬的角，樣子像釘耙。他們用頭上的「釘耙」將糞土堆集在一起，再用足搓成團，推著滾動前進。

蜻蜓第一次看見屎殼螂推糞球，覺得十分奇怪，他急忙去告訴灰兔：「不好了，草原上來了兩個怪模怪樣的傢伙，他們在推一個很大的圓球，行動十分可疑！」

灰兔聽了蜻蜓的話，急忙去告訴羊：「不好了，草原上來了兩個壞傢伙，他們製造的圓球很可疑，可能是想破壞大草原！」

羊聽了灰兔的話，急忙去告訴牛：「不好了，兩個壞傢伙正在製造燃燒彈，一旦爆炸，大草原將變成火海，我們趕快逃命吧！」

牛把蜻蜓、灰兔和羊叫到面前，說：「你們別驚慌，我們一起去看個究竟。」

他們一起來到屎殼螂夫婦推糞球的地方，牛仔細觀察了一會，問屎殼螂夫婦：「你們叫什麼名字，在忙什麼呢？」

屎殼螂妻子說：「我們真名叫蜣螂，大家都叫我們屎殼螂，也叫糞金龜。我們把糞便做成糞球，作為糧食貯藏在事先掘好的洞穴中，然後慢慢享用。我還把卵產在糞球裡，卵孵化後，孩子們一出生就可以得到食物。」

屎殼螂丈夫說：「我們把草原上的糞便做成糞球推進洞穴中，一方面是為了自己的生存和繁殖後代的需要，另一方面也讓草原清潔衛生，更加美麗。」

牛對蜻蜓、灰兔和羊說：「屎殼螂推糞球這樣單純平常的事情，在你們嘴中傳來傳去，怎麼就成了製造燃燒彈了呢？」

蜻蜓、灰兔和羊低著頭，說：「我們不清楚是怎麼回事，只是瞎猜想。」

牛神情嚴肅地說：「你們不深入瞭解事情真相，憑空猜想，胡編亂造，讓謠言越傳越離譜！」

故事啟示

如果大家都能獨立思考，做出正確的判斷，謠言就很難傳播。遇事要多思考，切忌人云亦云，隨波逐流。

⑭ 猴子後悔了

猴子種的桃樹枝葉特別茂密，可是生的桃子卻又少又小。猴子不明白是什麼原因，摘下桃子後，去請教老公公。

老公公看了一眼猴子的桃樹，拿起修剪花木的剪刀，把桃樹的樹枝剪去了許多。

老公公見猴子看到自己剪桃樹枝疑惑不解，就對他說：「你的桃樹枝葉過於茂盛，所以結的桃子又少又小。我給你剪去一些多餘

的樹枝，明年一定會結很多大桃子。」

猴子對老公的話將信將疑，看著被剪去了許多樹枝的桃樹發呆。

冬去春來，轉眼一年過去了。夏天到了，猴子見自己桃樹上的桃子又多又大，高興得手舞足蹈。猴子這才明白，當初老公公剪去桃樹的樹枝是很有道理的。猴子想：「如果當初把桃樹枝再多剪掉一些，肯定桃子結得還要多，還要大。」

猴子摘完桃子，拿起剪刀把桃樹剪得僅剩光禿禿的大樹幹。猴子想：「明年桃樹一定會結比今年更多更大的桃子。」

轉眼又到了桃樹結桃的季節，猴子的桃樹上除了長出幾根新枝，一顆桃子也沒有結。

猴子對老公公說：「我和你同樣是剪除桃樹的樹枝，為什麼你剪之後桃子結得又多又大，我剪之後連一顆桃子也沒有呢？」

老公公看了猴子的樹枝，微微搖了搖頭，說：「我剪去的是多餘的樹枝，你卻把樹枝都剪了，桃樹還能夠結桃子嗎？」

故事啟示

獨立思考不是胡思亂想、異想天開，獨立思考必須是敢想敢做和實事求是兩相結合。做任何事情都要保持平衡，盲目蠻幹，難免會適得其反！

⑮森林裡的小木橋

美麗的大森林裡，有一條清澈的小溪。小溪上沒有橋，動物們要到對岸很不方便。

小熊從自己家裡拿來木料，在小溪上架起了一座既漂亮又牢固的小木橋。金絲猴、梅花鹿見小溪上架了橋，高興地飛奔過去。

金絲猴對小熊說：「你在小溪上架橋真是太好了，方便了大家。我們都很感謝你！」

小熊笑著說：「不用客氣。為大家解難排憂是我應該做的。」

烏鴉大聲對小熊說：「哼，你有什麼資格說是為大家解難排憂呢？我飛過小溪用不著橋，橋對我一點好處也沒有。我認為在小溪上架橋是多此一舉，應該馬上拆掉！」

小溪中的水獺探出頭來，對小熊說：「是啊，小溪上沒有橋也很方便，我過小溪用不著橋。橋對我毫無好處，應該立即拆掉！」

小熊看了一眼烏鴉和水獺，說：「你們不需要小木橋，不等於大家都不需要小木橋。做任何事情，都不能只顧自己而不考慮別人啊！」

烏鴉聽了小熊的話，惱羞成怒，說：「如果你不把橋拆掉，我就說你架橋完全是為了出風頭！」

水獺對小熊說：「如果你不把小木橋拆掉，我就天天在這裡罵，說你造橋是別有用心！」

小熊坦然一笑，說：「你們如果喜歡謾罵，就天天謾罵吧。但是，我絕不會因為你們兩個自私鬼的謾罵而把小木橋拆掉！」

故事啟示

做任何事情，難免會有人反對。有獨立思考能力的人不會因為有人反對就感到委屈難受，更不會做出愚蠢的決定。

⑯ 射擊鳥和大灰狼

非洲有一種和山雞差不多大的鳥，舌頭的彈性特別靈活。這種鳥能把石子彈射到五六十米遠的地方，既遠又準。所以，大家都叫這些鳥為射擊鳥。

一天，一隻年輕的射擊鳥在山坡上散步，看到大灰狼走過來，急忙銜起一顆小石子準備射擊。

大灰狼對射擊鳥說：「你千萬不要射，我沒有惡意。聽說你唱的歌特別美妙動聽，我是特地來聽你唱歌的啊！」

射擊鳥想：「大家都誇我石子射得又遠又準，從來沒有聽到誰誇我歌聲動聽。」射擊鳥心裡很開心，不由自主放下嘴裡銜的石子，大聲唱了起來。

大灰狼趁射擊鳥不注意，「嗖」一聲撲了上去，一把抓住了他。

大灰狼冷笑一聲，說：「知道你射出的石子就像子彈一樣厲害，所以我不敢輕易接近。我早就想嘗嘗射擊鳥肉的滋味了，今天這個願望終於實現了！」

突然，草叢鑽出一群射擊鳥，他們迅速銜起石子向大灰狼射擊。石子像雨點一樣密集地射在大灰狼的身上，疼得他哇哇直叫。被石子射得鼻青臉腫的大灰狼急忙放下射擊鳥，鑽進樹叢狼狽逃跑。

年輕射擊鳥深有感觸地說：「要不是你們及時趕到，我連命也沒有了。這是個深刻的教訓啊！」

故事啟示

別有用心者常常用好聽的話恭維人，有虛榮心的人聽了奉承話就放鬆了警戒，結果上當受騙。如果遇事多思考，就不難識破騙局。

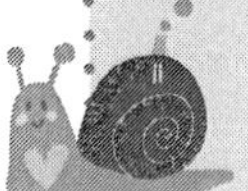

⑰ 名廚的經驗

有一個廚師燒的菜色、香、味俱佳，成了遠近聞名的名廚。

一天，三個徒弟問他：「師傅，您是怎樣成為名廚的呢？」

名廚反問道：「你們各自說說看，怎樣才能成為名廚？」

大徒弟說：「要成為一個名廚，首先要熱愛廚師這個工作。」

二徒弟說：「要成為一個名廚，就要刻苦學習烹調技術，有過人的本領。」

三徒弟說：「要成為一個名廚，就要認真研究不同食客的特點，燒出適合他們各自口味的菜。」

名廚師說：「你們講的這些都很重要，缺一不可，但還有一點更是不可忘記，就是作為一名好廚師，要頭腦清醒，正確對待別人的意見。當別人把你燒的菜說得一無是處時，你不要失去信心；當別人說你燒的菜好得不得了時，你也不要驕傲。你要對自己的手藝有一個正確的價值判斷，不要別人說不好就氣餒，別人說好就驕傲，更不能別人怎麼說你就怎麼做！」

故事啟示

要想取得成功，應該虛心聽取別人的意見，學習別人的經驗，更重要的是要有獨立思考和判斷是非的能力。

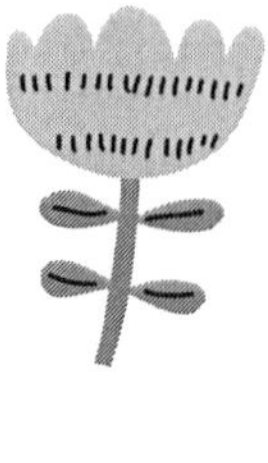

18 狗熊的教訓

狐狸看見狗熊抓著活蹦亂跳的紅鯉魚高高興興回家，饞得直流口水。

他眼珠骨碌一轉，對狗熊說：「紅鯉魚有毒，吃了要中毒的，千萬吃不得！」

狗熊聽了狐狸的話，半信半疑，說：「你是騙我吧，紅鯉魚怎麼會有毒呢？」

狐狸說：「我怎麼會騙你呢？我的鄰居就是吃了紅鯉魚中毒身亡的啊！」

狗熊聽了狐狸的話，把紅鯉魚扔在草叢中，回頭向小溪走去。狗熊走了一會回頭一看，狐狸正在那裡津津有味地吃他扔掉的紅鯉魚呢！狗熊這才知道上了狐狸的當，十分後悔。

狗熊在小溪中抓了很久，才抓到一條身上有花斑的魚。狗熊見花斑魚雖然不大，但是很肥，就抓著牠高高興興回家去。

花貓看見狗熊抓著花斑魚回家，對他說：「這是有毒的河豚魚，吃了要中毒的，千萬吃不得！」

狗熊聽了花貓的話，說：「剛才狐狸騙我紅鯉魚有毒，我扔掉後他撿起就吃。現在你又來騙我花斑魚有毒，我如果扔掉，恐怕你也想美餐一頓吧？我吸取剛才受騙上當的教訓，再也不相信別人了，不會再上你的當！」

花貓說：「我怎麼會騙你呢？我的鄰居就是吃了河豚魚中毒身亡的啊！」

狗熊說：「別演戲了，你和狐狸編造的謊言幾乎一模一樣。我現在誰也不信，只相信自己。不和你多說了，讓我把花斑魚吃了再說！」

花貓再三勸阻，狗熊就是不聽，硬是把河豚魚吃了。一會兒，狗熊感到渾身發麻、頭暈眼花，後來就失去知覺栽倒在地。花貓急忙呼救，大夥兒把狗熊抬進醫院搶救。

狗熊不好意思地對陪在病床邊花貓說：「原來你說的都是真話，河豚魚真的有毒。不聽你的忠告險些喪了命。這是教訓啊！」

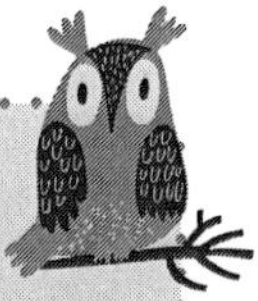

故事啟示

上當受騙後應當吸取教訓，思考問題要更加謹慎。但是，上當受騙後，不可對誰都懷疑。

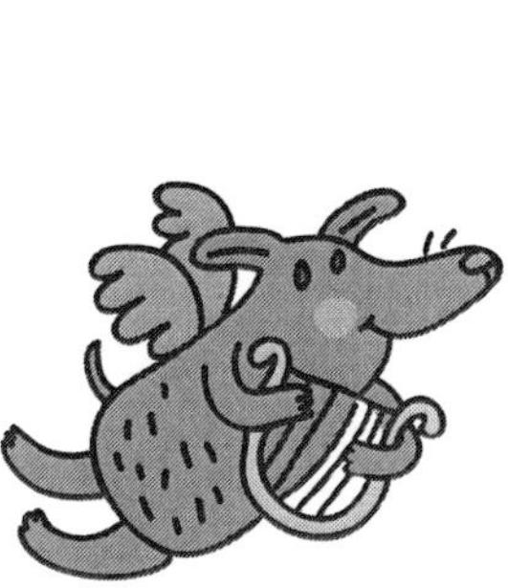

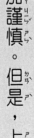

⑲雞媽媽的新房子

雞媽媽的新房子造好了，既漂亮又牢固。

鵝大哥說：「房子造得不錯，如果牆上開個窗就更好了。」

雞媽媽聽了，很不高興。

夏天到了，雞媽媽的房子裡又悶又熱。雞娃娃都生病了，雞媽媽這才想到鵝大哥的建議，她趕緊在牆上開了個窗。清新的空氣進

來了，屋裡涼快多了，雞娃娃的病也慢慢好了。雞媽媽很高興，她想：「以後一定要多聽別人的意見。」

狐狸對雞媽媽說：「你家的窗子再開大一點兒就更好了。」

雞媽媽聽了狐狸的話，就把窗子開得大大的。

一天，雞媽媽從外面回到家，發現少了一隻雞娃娃，她到處找也沒有找到。忽然，她在窗臺上發現了狐狸的腳印。

雞媽媽一下子明白了，自己上了狐狸的當。

故事啟示

聽不進別人的勸告不好，輕信他人的話也容易上當。思考問題不能只想到開始，也要想到發展，尤其是不能不想到結局。

⑳ 松鼠和狐狸

狐狸找了半天也沒有找到食物，肚子餓得咕咕直叫。

他見松鼠在樹上悠閒地走來走去，就大聲對松鼠說：「馬上就要大地震了，森林將在瞬間成為汪洋大海，趕快逃命去吧！」

松鼠將信將疑，問狐狸：「你是從哪裡得到這個消息的？」

狐狸裝出著急的樣子，說：「你快下來，我們一邊走一邊講吧！」

松鼠對狐狸說：「謝謝你把這個極其重要的消息告訴我，我腿短，走起來肯定不如你快，你還是先走吧，我也馬上就走。」

狐狸對松鼠說：「我怎麼好丟下你獨自先走呢，你可以騎在我的背上，我馱著你走。快下來吧，晚了就來不及啦！」

松鼠「嗖」地一下從松樹上跳下來，穩穩地騎在狐狸的背上。

松鼠對狐狸說：「我騎好了，快走吧！」

狐狸打了個滾，把松鼠重重地摔在地上。

狐狸一把抓住了松鼠，冷笑一聲，說：「你這愚蠢的松鼠，這裡根本不會發生什麼地震，我只是想把你騙下樹來，填飽我的肚子而已。」

松鼠這才知道上了狐狸的當，生命危在旦夕。

他靈機一動，對狐狸說：「我已經落在你的手裡，你要吃就吃吧，遺憾的是我不能參加朋友的聚會了。」

狐狸想：「這隻松鼠也太瘦小了，吃了他也只能是半饑半飽，既然他說他和朋友有個聚會，何不去多抓幾隻，慢慢享用？」

狐狸裝出同情的樣子，說：「我是一隻很有同情心的狐狸，我同意你去和你的朋友見上最後一面，你就帶我去吧！」

狐狸緊緊拉著松鼠的尾巴，讓他領著去他朋友家。

松鼠帶著狐狸來到河邊新建的小木屋前，說：「這就是我朋友的家。」

狐狸用腳「砰砰砰」地踢著大門，氣勢洶洶地說：「快開門，誰也逃不掉啦！」

其實這是花狗的家，他開出門來對狐狸說：「你盡做壞事，我正要去找你，你倒自己送上門來了。」

狐狸知道中了松鼠的計，自言自語道：「我原以為松鼠的朋友肯定是松鼠，沒有想到是花狗。上當，上當！」

松鼠笑著說：「狐狸先生，你不是要吃掉我和我的朋友嗎？怎麼愣著不動手呢？」

狐狸見了花狗，兩腿早已直發抖，頭像霜打的嫩草一樣低垂著，哪裡還敢胡作非為！

故事啟示

社會是紛繁複雜的，人的一生中難免會發生突如其來的危難。如果沒有冷靜的頭腦，沒有獨立思考的能力，就很難走出險境。

21 響尾蛇的騙局

一隻青蛙在茂密的山林中迷了路，他在林子中轉了一天，還是找不到回家的路。天氣十分炎熱，青蛙又餓又渴，幾乎要昏過去。

青蛙想找到泉水，先喝一點水潤一下快要冒煙的喉嚨，可是他找來找去沒有找到一丁點兒的水。他失望地嘆了口氣，蹲在地上休息。

「叮咚、叮咚、叮咚……」

突然，青蛙聽到了泉水的聲音，他渾身來了精神，拚命向發出聲音的地方跳躍過去。離發出「叮咚」聲音的地方越來越近了，青蛙彷彿聞到了泉水誘人的清涼氣息。他已經正確判斷出聲音就在一塊岩石下的草叢中傳過來的，他準備一個跳躍撲上去，一次喝個夠，還要好好洗個澡。

說時遲那時快，就在青蛙要跳出去的那一刻，被樹上跳下的一隻猴子按住了身體。

猴子對青蛙說：「那地方不能去，危險！」

猴子見青蛙不明白為什麼不讓他去喝水，就從一邊撿起一塊石子，向發出「叮咚」聲的地方扔過去。突然「嘩啦」一聲，一條可怕的響尾蛇張著血紅的大嘴，衝了出來，那「叮咚」聲也就戛然而止。原來，那誘人的泉水聲音其實是響尾蛇尾巴末端的角質環擺動時發出的聲音。響尾蛇設下的「叮咚」騙局讓許多小動物上當，成了他的美餐。

青蛙嚇得心怦怦直跳，自言自語道：「好險哪，要不是猴子及時阻止，我早就成了響尾蛇的腹中之物了。」

故事啟示

生活中會有許多誘惑，如果麻痹大意，就很容易落入別人設下的陷阱！在關鍵時刻尤其要善於獨立思考，增強判斷是非的能力。

㉒鱷魚吃石塊

鱷魚弟弟躺在沙灘上，他用手摀著肚子大聲喊道：「哎唷，肚子脹，難受死啦！」

鱷魚媽媽急忙走過來，一邊給鱷魚弟弟撫摸肚子，一邊關心地問：「怎麼啦，是不是多吃了蚌肉，不消化？」

鱷魚弟弟點點頭，說：「蚌肉很鮮美，我吃得太多了，肚子脹得難受。」

鱷魚媽媽說：「你這貪嘴的孩子，還不吃些石塊！吃了石塊，它能研磨食物，幫助消化吶！」

鱷魚弟弟聽話地說：「好啊，那我就吃幾塊吧！」

鱷魚弟弟大口大口吃起了石塊。不一會兒他的肚子「咕咕咕」地響了起來，果然不脹了！

鱷魚弟弟高興地對媽媽說：「我肚子不脹啦，跟你學潛水去！」

鱷魚媽媽說：「別急，你先好好休息！」

過了兩天，鱷魚媽媽教鱷魚弟弟學潛水。只見鱷魚媽媽「咕咚」一聲就潛入了海中。鱷魚弟弟呢，身子剛潛下去，又「呼啦」一下浮了上來。

鱷魚弟弟急得直叫：「媽媽，我怎麼覺得身體發漂，潛不下去？」

「怎麼，你今天沒吃石塊？」鱷魚媽媽邊說邊帶鱷魚弟弟到沙灘上尋找石塊。「我忘記跟你說了，潛水得先吃些石塊，讓身體變重才行！」

鱷魚弟弟吃了許多石塊，「咕咚」一聲跳入海中，哈，這下潛入水啦！

鱷魚弟弟費了很大的勁才拖著沉重的身體爬上了岸，他指著自己的大肚子，對媽媽說：「剛才我多吃了很多石塊，身體太重，好不容易才爬上來。」

鱷魚媽媽拍拍鱷魚弟弟的腦袋，說：「傻孩子，石塊不可不吃，也不能多吃呀！」

故事啟示

別人的經驗是寶貴的，但是如果不動腦子死搬硬套，往往會把事情辦糟。凡事都要結合實際，深入思考。

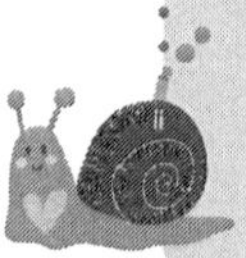

㉓ 商人教子

從前，有個精明能幹的商人，經營的南北貨商行生意興隆。一天，商人對兩個兒子說：「我年紀大了，要在你們中選一個今後主持商行事務的人。你們應該出去見見世面，在經商中學會經商。」

老大拿了父親給的錢，來到北方尋找商機。老二拿了父親給的錢，來到南方尋找商機。

光陰如箭，一年時間很快就過去了。老大和老二在除夕這一天風塵僕僕地趕回家過年。

父親詢問老大和老二說：「你們出去一年，做生意失敗過幾次？做成功幾次？有什麼感想？」

老大說：「我到了北方後，發現山貨、皮貨、藥材生意都不錯，但是競爭激烈。我怕競爭不過實力雄厚的商人，所以沒敢去做。」

父親問：「那你後來做的什麼生意，成功了嗎？」

老大拿出做生意的資本，說：「什麼生意都不好做，搞不好就會虧本，所以沒有去做。我雖然沒有成功，但是生意的資本都在這裡，一分一毫都不少。」

老二對父親說：「我到南方後，發現水果、茶葉、絲綢生意都很好。我先做水果生意，結果失敗了；後來做茶葉生意，結果也失敗了；再做絲綢生意，結果還是失敗了。」

父親問：「你有沒有想想，為什麼三次都失敗呢？」

老二拿出三個本子，說：「做水果生意我急於求成，進貨太多，造成大量水果腐爛。做茶葉生意我缺乏經驗，一些賣家以次充好，結果虧本。絲綢生意本來做得不錯，由於我放鬆警惕，被騙子騙去一批絲綢。現在，做生意的資本都已經用完了。」

父親說：「好，我決定了，明年起我們家的南北貨商行生意由老二來主持經營。」

老大不服氣地說：「我雖然沒有成功，但是也沒有失敗過啊，難道我不如失敗過三次的弟弟？」

父親說：「你弟弟雖然失敗了三次，但是他從挫折中學習到了很多東西。你不敢在商場搏擊，是真正的失敗啊！」

故事啟示

沒有成功固然遺憾，因害怕失敗而不敢嘗試更加悲哀！能夠獨立思考問題是好的，但是如果思路有偏差，得出的結論往往就不正確。

㉔愛聽好話的烏鴉

狐狸看到樹上的烏鴉嘴裡叼著肉片，故意誇烏鴉唱的歌好聽。

烏鴉聽了奉承話，十分高興，就情不自禁唱起了歌。烏鴉的嘴一張嘴唱歌，肉片就掉了下去。結果，狐狸叼著肉片，高高興興地走了。

過了幾天，狐狸又見烏鴉躲在樹上，說：「烏鴉兄弟，上次騙了你的肉片，很對不起。今天我特地來向你賠禮道歉，請你多多原諒！」

烏鴉半信半疑，不說話。

狐狸又說：「我最瞭解你烏鴉，你有十大優點。你的第一大優點就是寬宏大量，不會記仇。」

烏鴉聽到狐狸說他好話，格外高興，對狐狸說：「你快說，我的另外九大優點是什麼？」

狐狸故意咳嗽幾聲，壓低嗓門說：「這幾天我嗓子不好，隔著這麼遠距離交談太累了。你快下來，我把你的十大優點一一告訴你聽。」

烏鴉急忙飛到狐狸面前，說：「我的十大優點究竟是什麼？你快說呀！」

狐狸突然撲過去，一把抓住了烏鴉。

狐狸冷笑一聲，說：「告訴你吧，所謂十大優點，是我騙你的。愛聽好話是你的致命弱點，我正好利用了你這一點。上次我騙吃了你的肉片，今天要嘗嘗烏鴉肉的滋味了。」

烏鴉這才知道中了狐狸的詭計，後悔也來不及了。

故事啟示

愛聽好話的人，到頭來會被好話所害！這些人往往缺乏獨立思考和判斷是非的能力，容易被好話所迷惑，上當受騙也就在所難免。

㉕ 小海龜的教訓

灰狼在小島的沙灘上找東西吃，找了很久也沒有找到，深深地嘆了一口氣。

狐狸走過去，對灰狼說：「你在這裡找些小魚小蝦充饑，生活太艱苦了。海龜肉又香又滋補，你想不想吃？」

灰狼看了一眼狐狸，說：「誰不想吃海龜肉，可是海龜警惕性很高，只要一見到我們的身影，就迅速爬入大海，怎麼抓得住他？」

狐狸冷笑一聲，說：「只要使用計謀，不愁吃不到海龜肉，你就看我的吧！」

小海龜在大海中游累了，爬上小島的沙灘休息。他看見狐狸和灰狼在沙灘上曬太陽，就警惕地躲到了一邊。

狐狸見遠遠躲在一邊的小海龜，裝出熱情的樣子，大聲對小海龜說：「躺在沙灘上曬肚皮，是最美好的享受啊！」

小海龜看到狐狸和灰狼仰面躺在沙灘上曬肚皮，心想：「他們真會享受，我何不學他們的樣，也好好享受一下曬肚皮的樂趣？」

他的腳用力，把身體翻過來了。

小海龜高興地對狐狸和灰狼說：「你們看我翻過來了，肚子可以曬太陽啦！」

狐狸和灰狼見小海龜已經中計，兇相畢露，殺氣騰騰地向小海龜衝過去。小海龜知道自己受騙，想翻身逃跑，可是怎麼也翻不過來。

危急關頭，一群老海龜趕到，齊心協力趕走了狐狸和灰狼，幫助小海龜把身體翻了過來。

一隻老海龜語重心長地對小海龜說：「如果我們不及時趕到，你就沒命了。」

故事啟示

騙子固然可惡，但上當受騙者也應該深刻反思。如果對別人的花言巧語認真地進行分析思考，就很容易識破壞人的陰謀詭計了。

26 智識偷羊賊

清晨，大霧籠罩著大地，幾步之外的東西也看不清楚。一個牽著山羊的青年迷了路，分不清東南西北。

青年見一位盲人拄著拐棍走過來，問他：「您是否也是因為大霧瀰漫而迷了路？」

盲人笑著對青年說：「我眼睛原來就看不見，有沒有大霧對於我沒有什麼影響。我走路完全靠記憶，走過的路不會走錯的。你跟

我走雖然慢一點，但是一定不會迷路。」

青年喜出望外，牽著山羊跟盲人向前走。

盲人一邊在前面引路，一邊和青年攀談起來，問他：「小伙子，你大清早的要到哪裡去啊？」

青年說：「哦，我去鎮上賣羊。」

盲人說：「是母羊還是公羊？養了幾年了？」

青年隨口說：「是母羊，已經養了三年啦！」

霧氣越來越大，眼前什麼也看不見，青年牽著山羊繼續跟著盲人走。

走了一會兒，盲人突然抓住青年的手，大聲說：「這裡是派出所，快進去坦白交代偷盜山羊的犯罪經過吧！」

青年是個慣竊，他因偷盜村民養的雞鴨和羊，已經多次進派出所了。在民警的追問下，青年承認山羊是剛從一戶村民的羊棚裡偷來的。

青年疑惑不解地問盲人：「你是盲人，什麼都看不見，怎麼就知道我是小偷呢？」

盲人笑著說：「我養了幾十年羊，根據牠們不同的叫聲，可以判斷是母羊還是公羊、多大歲數。你牽的明明是公羊，你卻說是母羊；明明才一歲多一點，你卻說已經養了三年。還有，羊被主人牽著和被陌生人牽著，叫聲完全不同。根據這些，我判定這羊肯定不是你自己的！」

小偷這才明白是怎麼回事，頭像遭到霜打的草一樣低垂了下去。

盲人說：「別看我是盲人，心裡可雪亮著呢！我把你引到這裡，是讓你坦白從寬，重新做人。」

故事啟示

盲人所以能夠判斷牽羊青年並非羊的主人而是偷羊賊，靠的是他過人的思考、分析能力。

㉗ 小猴的勸解

小猴喜歡看熱鬧，哪裡熱鬧往哪裡跑。兩隻狗熊為了一點小事，你一掌我一掌地打了起來，小猴覺得好玩，目不轉睛地在一旁看著。

猴媽媽看到兩隻狗熊在打架，急忙過來勸解。在猴媽媽的耐心調解下，兩隻狗熊都做了自我批評，和好了。

猴媽媽對小猴說：「看到狗熊打架，你應該去勸解，怎麼能在一旁觀戰呢？我們的心不應該是冷漠的心，應該是火熱的愛心啊！」

小猴說：「我只是喜歡看熱鬧，勸解我也會啊！」

一天，小猴在樹上玩，看見兩隻小長頸鹿伸著長長的脖子，像兩把劍一樣在不停地相互拍打。

小猴大聲說：「有話好好說，用武力解決問題會越鬧越大。長脖子如果碰歪了，變成歪脖子長頸鹿多麼難看啊！你們聽我的勸解，快別打了！」

一隻小長頸鹿笑著說：「我們不是打架，脖子相互拍打是鍛鍊身體。從小堅持鍛鍊，我們的脖子才有力，身體才健康啊！」

小猴到小溪邊喝水，見兩隻小熊在你一拳我一掌地扭打，急忙走過去說：「有話好好說，用武力解決問題會越鬧越大。你們的爪子都很鋒利，萬一抓瞎了眼睛，那就成了熊瞎子啦！你們聽我的勸解，快別打了！」

一隻小熊笑著說：「我們不是在打架，是在鍛鍊身體。如果我們不堅持鍛鍊，長大後沒有強健的身體，沒有力量怎麼行？」

另一隻小熊舉起手，對小猴說：「我們在相互扭打時都把鋒利的爪子藏在指縫中，這樣就不會在鍛鍊時造成誤傷了。」

小猴回到家中，把自己的勸解經過告訴了媽媽。

猴子媽媽撫摸著小猴的頭，說：「做得好極了，你已經開始關心別人，並且想幫助別人，應該表揚。但是，凡事都應多思考，弄清情況，冒失辦事可不行啊！」

故事啟示

不善於觀察，又不善於獨立思考的人，常常會被一些表面現象所迷惑，做出錯誤的判斷和冒失的行動。

㉘ 沒有風險的行業

王小二經常做發財致富的美夢，但卻是村裡的貧困戶。他見鄉鄰一家家富裕起來，心裡十分羨慕。

鄰居周大爺對王小二說：「你可以租一艘船做運輸，雖然辛苦，但這個行業比較賺錢。」

王小二搖搖頭，說：「租船做運輸確實能夠賺錢，可是聽人說有風險哪！河中往來船隻很多，如果不小心與別的船隻相撞，造成沉船事故，麻煩可大啦！」

李裁縫對王小二說：「開船確實有些風險，那就跟我學習縫紉手藝。幫助別人加工衣服，一年可以賺不少錢。做縫紉都在家裡，沒有什麼風險。」

王小二嘆了一口氣，說：「做裁縫是可以賺到錢，可是聽人說也有風險哪！如果不小心將人家的高級衣料裁剪壞了，做不了衣服，要賠人家很多錢呀！」

王小二看見豆腐店的李老闆走過，急忙攔住他，說：「聽人說做豆腐是最沒有風險的行業。我也想開一家製作豆腐的店。」

李老闆說：「那你說說為什麼做豆腐沒有風險呢？」

王小二搖頭晃腦地說：「聽人說，豆腐做硬了是豆腐乾，做稀了是豆腐腦，做薄了是豆腐皮，做沒了是豆漿，放臭了是臭豆腐。不會發生次品，不會有損失。」

李老闆對王小二說：「你的想法似乎有道理，但事實沒有這麼簡單，各種品種的製作都是不同的，不能混為一談。做豆腐也要謹慎小心，如果失誤就會造成損失。」

王小二聽了李老闆的話，皺著眉頭說：「世界上難道就找不到安全無風險的行業？」

周大爺對王小二說：「有一個地方可以找到。」

王小二急忙說：「真的？快告訴我！」

周大爺說：「在這個世界上做什麼事情或多或少總是有風險的。你要找一點都沒有風險的行業，或許只有在睡夢中找到吧！」

故事啟示

相信道聽途說，沒有自己的調查和思考，難免猶豫不決。因害怕失敗而不敢放手一搏，就永遠不會成功。

㉙ 狗熊種西瓜

狗熊見自己種的西瓜又少又小，金絲猴種的西瓜卻又多又大，十分疑惑。

他對金絲猴說：「我種的西瓜與你種的西瓜為什麼相差這麼大？」

金絲猴仔細看了一下狗熊的西瓜，說：「你的西瓜品種不好，我種的是良種西瓜。沒有好的種子，你流再多的汗，也是白費力

氣。明年春天播種的時候，我送一些良種西瓜種子給你。」

時間過得飛快，轉眼就到了第二年的春天。金絲猴把自己的良種西瓜種子送給了狗熊，讓他趕快播種。狗熊想：「金絲猴的良種西瓜確實不錯，但是不可能是最好的。我如果能夠找到最好的西瓜種子，那我一定能夠種出最大的西瓜來。」

狗熊把金絲猴給他的西瓜種子扔在一邊，收拾行李出門尋找最好的西瓜種子去了。狗熊聽說南方的一個海島上生產特別大的西瓜，他就不遠萬里來到了海島上，買了一大包特大西瓜種子。狗熊經過許多天的長途跋涉，風塵僕僕回到了家。

狗熊在田頭見到了金絲猴，欣喜若狂地說：「我在南方海島上購買到了特大西瓜種子，種出的西瓜比你的還要大一倍。有了這最好的西瓜種子，我就能夠種出最好的西瓜！」

金絲猴搖搖頭，說：「可惜，可惜，可惜啊！」

狗熊說：「是啊，很可惜。你的西瓜種子與我的最好西瓜種子比，真是天差地別啊！」

金絲猴說：「我可惜的是你啊！你花費整個春天時間去尋找最好的西瓜種子，早已錯過了播種季節。俗話說你『誤地一時，地誤人一年』啊！」

狗熊想了想，說：「錯過了今年還有明年，我明年一定能夠種出最大的西瓜來啊！」

金絲猴說：「南方海島的氣候與我們這裡的有很大差別，你帶回來的西瓜種子不適合這裡。選擇最好的並不是正確的選擇，事實上選擇最適合的才是明智之舉啊！」

故事啟示

做任何事情都不能憑一時熱情，盲目去做，事前應先認真地做好分析研究。一次深思熟慮，勝過百次草率行動。

㉚ 褐鵜鶘的忠告

褐鵜鶘在大海上空飛翔，眼睛卻全神貫注地注視著海面。

老鷹飛過去，好奇地問褐鵜鶘：「你是在欣賞大海翻滾的波濤嗎？」

褐鵜鶘說：「不，我是在觀察海中游動的魚群，尋找最佳捕捉時機。」

老鷹疑惑地說：「你在高高的天空中，怎麼能夠捕到魚呢？」

褐鶇鶘見捕魚時機已到，深吸了一口氣，收攏翅膀後像離弦的箭一樣向大海俯衝。褐鶇鶘衝進了大海中，過了好一會才浮出水面。他嘴下面的那個大皮囊中鼓鼓地裝著一條魚，魚尾巴露在外面不停地晃動。褐鶇鶘吃掉了魚，躲在一塊礁石上休息。

老鷹也躲到了礁石上，對褐鶇鶘說：「你衝入海中捕魚的方法太好了！我吃過山雞和野兔，還沒有吃過鮮魚。等會我也要和你一樣衝入海中去捕魚，抓一條鮮魚嘗嘗。」

褐鶇鶘看了一眼老鷹，說：「你的身體不適合從高空衝入大海捕魚啊！」

老鷹滿懷信心地說：「我很勇敢，不怕苦。我的眼睛十分敏銳，爪子很有力，帶鉤的嘴十分厲害。我的條件不比你差，你能夠辦到的事情我一定也能夠辦到。你就等著瞧吧！」

老鷹聽不進褐鵜鶘的話，頭也不回地飛向高空。他在空中盤旋了一會，就收攏翅膀向大海猛衝。老鷹身體碰到水面的一瞬間，只覺得就像撞在木板上一樣疼痛難忍。

褐鵜鶘對忍著疼痛躲在礁石上的老鷹說：「從幾百公尺的高空向大海猛衝時，接觸水面時身體會受到強烈撞擊。我在俯衝前都要吸入大量的氣體，讓胸部和頸部的氣囊迅速膨脹，這是我們褐鵜鶘特有的安全氣囊。有了安全氣囊的保護，我就不怕撞擊了。你可以發揮你的優勢去捕食動物，千萬不能再做衝入海中捕魚的傻事了！」

老鷹固執地說：「失敗是成功之母，我剛才失敗是因為沒有調整好入水方向。我不會輕易放棄的，一定要克服困難堅持下去，堅持就能夠勝利。」

老鷹不聽褐鵜鶘再三勸告，飛上天空，又一次向大海猛衝。這一次他衝得特別猛，身體難以承受巨大的撞擊，心臟突然停止跳動，一命嗚乎了。

故事啟示

有時候堅持是愚蠢的舉動，放棄才是明智選擇！千萬不要固執己見，一意孤行。

兒童・寓言03　PG1268

小學生寓言故事
——獨立思考

作者／錢欣葆
責任編輯／林千惠
圖文排版／周好靜
封面設計／楊廣榕
出版策劃／秀威少年
製作發行／秀威資訊科技股份有限公司
114 台北市內湖區瑞光路76巷65號1樓
電話：+886-2-2796-3638
傳真：+886-2-2796-1377
服務信箱：service@showwe.com.tw
http://www.showwe.com.tw

郵政劃撥／19563868
戶名：秀威資訊科技股份有限公司
展售門市／國家書店【松江門市】
104 台北市中山區松江路209號1樓
電話：+886-2-2518-0207
傳真：+886-2-2518-0778

網路訂購／秀威網路書店：http://www.bodbooks.com.tw
國家網路書店：http://www.govbooks.com.tw
法律顧問／毛國樑　律師

總經銷／聯寶國際文化事業有限公司
221新北市汐止區康寧街169巷27號8樓
電話：+886-2-2695-4083
傳真：+886-2-2695-4087

出版日期／2015年7月　BOD一版　**定價**／200元
ISBN／978-986-5731-25-0

秀威少年
SHOWWE YOUNG

國家圖書館出版品預行編目

小學生寓言故事：獨立思考 / 錢欣葆著. -- 一版. -- 臺北市：秀威少年, 2015.07
面； 公分
ISBN 978-986-5731-25-0(平裝)

859.6 104009136

讀者回函卡

感謝您購買本書，為提升服務品質，請填妥以下資料，將讀者回函卡直接寄回或傳真本公司，收到您的寶貴意見後，我們會收藏記錄及檢討，謝謝！

如您需要了解本公司最新出版書目、購書優惠或企劃活動，歡迎您上網查詢或下載相關資料：http:// www.showwe.com.tw

您購買的書名：________________________________

出生日期：________年________月________日

學歷：□高中（含）以下　□大專　□研究所（含）以上

職業：□製造業　□金融業　□資訊業　□軍警　□傳播業　□自由業

□服務業　□公務員　□教職　□學生　□家管　□其它______

購書地點：□網路書店　□實體書店　□書展　□郵購　□贈閱　□其他

您從何得知本書的消息？

□網路書店　□實體書店　□網路搜尋　□電子報　□書訊　□雜誌

□傳播媒體　□親友推薦　□網站推薦　□部落格　□其他__________

您對本書的評價：（請填代號　1.非常滿意　2.滿意　3.尚可　4.再改進）

封面設計____　版面編排____　內容____　文／譯筆____　價格____

讀完書後您覺得：

□很有收穫　□有收穫　□收穫不多　□沒收穫

對我們的建議：________________________________

____

____

____

請貼
郵票

11466
台北市內湖區瑞光路 76 巷 65 號 1 樓
秀威資訊科技股份有限公司 收
BOD 數位出版事業部

（請沿線對折寄回，謝謝！）

姓　　名：＿＿＿＿＿＿＿＿　年齡：＿＿＿＿　性別：□女　□男

郵遞區號：□□□□□

地　　址：＿＿＿＿＿＿＿＿＿＿＿＿＿＿＿＿

聯絡電話：(日)＿＿＿＿＿＿＿＿　(夜)＿＿＿＿＿＿＿＿

E-mail：＿＿＿＿＿＿＿＿＿＿＿＿＿＿＿＿